De la chouette à la chouette

Photo de couverture : contact radio au maquis de la Luzette
© Françoise Cazal

Albert Cazal

De la chouette à la chouette

Maquis de la Luzette – Été 1944

© 2019 Cazal Françoise
Édition : BoD-Books on Demand
12/14 rond-point des Champs-Élysées, 75008, Paris
Impression : BoD-Books on Demand, Norderstedt, Allemagne
ISBN 978-2-32212682-8
Dépôt légal : janvier 2019

De la chouette au merle blanc

En juin 1944, Albert Cazal, né à Marcolès, et Marcel Condamine, né à Rouziers, dans la Châtaigneraie, tous deux élèves-maîtres de l'École normale d'instituteurs d'Aurillac, sont, comme beaucoup de jeunes à cette époque, menacés du Service du Travail Obligatoire (STO) en Allemagne. Ils décident de rejoindre les rangs de la Résistance. Le maquis de la Luzette les accueille.

L'emblème de ce maquis était la chouette, et son code de contact radio le plus connu, « De la chouette au merle blanc ». Ce maquis dénommé également maquis de la Fombelle-la Luzette se situe à la limite des départements du Cantal et du Lot, entre Saint-Saury (Cantal) et Sousceyrac (Lot). La Fombelle et la Luzette sont deux noms de fermes. Fombelle s'écrit « Font-belle » sur la carte IGN n° 2236E.

Le Débarquement du 6 juin 1944 fut suivi d'intenses parachutages et de nouvelles actions de la Résistance, dans l'organisation desquelles le très médiatique jeune major écossais Thomas Macpherson (1920-2014), parachuté le 8 juin 1944 à la Luzette, joua un rôle primordial. Le terrain de parachutage, connu sous le nom de « terrain

Chénier », vécut une activité notable à cette période qui précéda la libération d'Aurillac (le 11 août 1944) et, quelques jours après, les combats du Lioran.

Ces pages, tentative de retrouver les impressions vécues cet été-là par celui qui était alors un jeune étudiant sensible et rêveur, assez peu préparé par ses huit ans d'internat aux réalités de la vie, furent rédigées 46 ans plus tard, en 1990, à Montluçon, où Albert Cazal avait pris sa retraite de l'Éducation nationale après une carrière de professeur d'espagnol, puis d'inspecteur pédagogique régional. De son côté, Marcel Condamine, brillant mathématicien, fut l'auteur d'ouvrages spécialisés très appréciés. Tous deux, issus d'un même milieu rural, s'en furent, après le maquis, poursuivre leurs études en classes préparatoires au Lycée Fermat, à Toulouse, puis intégrèrent l'École normale supérieure de Saint-Cloud, où ils passèrent l'agrégation, après quoi ils se perdirent de vue. Albert est décédé en 1998, et Marcel en 2012.

La chouette, emblème à la fois du maquis de la Luzette et de la classe préparatoire de Lettres, est à l'origine du titre de ce récit publié en 2019 par la fille de l'auteur, Françoise Cazal, professeur émérite à l'Université Jean Jaurès à Toulouse.

Sur la « coudène ». La couenne de la terre, son pelage végétal. Nous attendions sur la coudène d'un petit pré dominant la route.

À cause de cette obliquité du relief qui caractérise la Châtaigneraie, la route surplombe d'un côté une déclivité compliquée, découpée en facettes vertes par les incisions des rigoles et, de l'autre, elle longe un mur de soutènement.

Un piéton, s'il passe trop près du mur, a peu de chances de voir l'étage herbeux qui le domine. Mais un motocycliste circulant sur la médiane doit apercevoir mon chapeau gris et le béret de Marcel.

Or voici que ce motocycliste émerge du monde de l'hypothèse. À force d'attendre quelque chose, quelqu'un, quelqu'un passe et il se produit quelque chose. Sans bruit d'abord, car le moteur est au point mort, ce qui donne au surgissement un air fantomatique. Le motocycliste ralentit alors, s'arrête, et nous regarde avec le sourire, sous son casque trop grand qui laisse échapper une broussaille blonde.

Les paroles qu'il dit sont des paroles de 1944, voilées, épaissies par la mémoire pâteuse. Celles que nous prononçâmes sont à peine plus claires. Il est chargé d'une liaison pour le maquis. Il voit que nous attendons quelque chose. Il peut nous conduire quelque part.

Notre allure ne laisse aucun doute sur nos intentions : nous avons tellement l'air d'étudiants en quête de maquis que cela peut se lire comme sur les pancartes de ces auto-stoppeurs que nous prendrons trente ans plus tard dans nos voitures, sur les routes de l'été.

Il va nous prendre sur sa moto, l'un après l'autre, pour nous conduire au camp.

Tout est facile. Les choses se seraient-elles passées différemment si nous avions pris rendez-vous à ce tournant précis avec un maquisard chargé de nous recruter ? Non. Il nous reconnaît comme nous le reconnaissons. Il ressemble à ce que nous attendions, et réciproquement.

Mais parviendrai-je aujourd'hui à res-susciter son image ? Ses yeux très clairs entre des boucles un peu blondes, le casque de cuir à jugulaire flottante, comme en portaient les volontaires des Brigades Internationales (suis-je tenté de dire, mais il faut bien constater qu'à cette date, je n'avais aucune connaissance visuelle de documents concernant la Guerre d'Espagne, et que j'éclaire donc aujourd'hui mon souvenir avec des images qu'on peut dire conjuguées au futur du passé). La crosse du colt est un peu plus apparente depuis que, dans une pose détendue de cow-boy cabotin, il a remonté son genou, à l'arrêt.

Je ne me souviens plus si ce fut Marcel ou moi qu'il embarqua le premier, mais il suivit sans doute le même scénario, dans lequel il affecta de donner le premier rôle au pistolet : « Tiens, tu vois, le cran de sécurité. Ici, armé. Comme tu vas le tenir à la main, tu le garderas armé tant qu'on roulera par là. »

De la main gauche, je me tenais à l'épaule du conducteur, tandis que mon bras droit adoptait toutes les positions naturelles que lui permettait le poids de l'arme. La puissance contenue de l'énorme 11,33, orienté seulement par les secousses de la chevauchée et par les oscillations dues à la fatigue, me fascinait comme la roue d'une loterie mortelle.

Près de la gare de Boisset, la route en surplomb permettait d'observer sans être vu une section de voie ferrée déserte. Un bruit de cognée, que répercutait l'écho, rythmait paisiblement le paysage. Nous pouvions voir à quelques mètres un débonnaire soldat de la Wehrmacht en train de faire du bois.

Le soldat n'avait prêté aucune attention ni aux pétarades de la moto ni à son silence.

Moi, j'écoutais les coups limpides de la hache, le goutte-à-goutte insidieux de la paix, dont me séparait maintenant cet absurde pistolet. Mon compagnon hochait la tête d'un air gourmand, en grommelant qu'il était bien dommage de ne pas pouvoir faire « un joli carton ».

Plusieurs semaines après, mais il ne s'agit ni du même soldat ni du même vallon, plusieurs semaines après, la paysanne me dirait : « L'Allemand, ils l'ont emmené au fond du pré, sans veste et sans calot, et puis il s'est mis au garde-à-vous, et ils ont tiré dessus. »

L'Allemand de la gare de Boisset a continué à débiter ses bûches, à accomplir avec discipline la corvée de bois. Il a déposé dans ma mémoire un germe anodin, qui s'enkystera beaucoup plus tard – à l'époque de la Guerre d'Algérie – dans cette expression même de « corvée de bois » qui ne m'était pas encore connue en juin 44 comme signifiant « exécution sommaire en rase campagne », de sorte qu'aujourd'hui, lorsque j'écris ces lignes, c'est à travers tout un jeu de miroirs linguistiques que je perçois l'image pâle du soldat grisonnant, réfractée et réfléchie dans ma mémoire selon la boucle suivante : soldat bûcheron (juin 1944) => soldat fusillé (juillet 1944) => soldat emmené en « corvée de bois » dans les Aurès => soldat chargé de la corvée de bois à la gare de Boisset (juin 1944), toponyme dont l'étymologie ne me frappe qu'aujourd'hui, 26 avril 1990 !

L'arrivée au camp me parvient enveloppée d'une lumière crépusculaire, soit qu'elle ait eu lieu tard malgré la courte distance (une quinzaine de kilomètres qui le séparaient de notre point de départ), soit à cause des épaisses frondaisons qui maintenaient dans la pénombre les installations du maquis, soit encore que s'ajoute à ces circonstances conjuguées une sécrétion de ma mémoire, un léger nuage de sépia destiné à masquer je ne sais quelle fuite inconsciente de mon être, au moment même où au contraire j'arrivais.

Nous fûmes présentés à un quinquagénaire vêtu d'un vague uniforme, en molletières, coiffé d'un béret, et qui semblait jouir d'une autorité plus conventionnelle que réelle, d'après le surnom de « Tonton » par lequel on le désignait avec un mélange d'affection et de moquerie. Tonton était un officier de l'armée polonaise, sans doute un de ceux qui avaient échappé à ces massacres staliniens que nous ignorions encore. Il avait une prononciation pittoresque et employait toujours très exactement l'un pour l'autre les mots « allusion » et « illusion », ce qui est, dans le fond, faire preuve d'une certaine rigueur linguistique.

« Des étudiants ? » dit-il en nous toisant, « J'aime pas bien, mais tant pis ». Que recélait cette méfiance ? Avait-il essayé sans succès d'imposer une discipline adjudantesque à des étudiants sceptiques ? Voulait-il flatter démagogiquement l'aversion ressentie envers les gens de notre espèce par les jeunes paysans qui étaient sous ses ordres ? Ne faisait-il pas « illusion » (pour parler comme lui) à la date de notre venue au maquis, immédiatement après le débarquement des Alliés, comme si nous confondions vacances et Résistance ?

Sur le moment, je ne prêtai que peu d'attention à cette façon de nous souhaiter la bienvenue, mais elle acquiert pour moi une importance rétrospective, comme beaucoup d'autres menus événements de cet été 1944 que je recense aujourd'hui.

En premier lieu, elle nous affublait, Marcel et moi, de l'étiquette d'« étudiants » que nous ne nous étions jamais attribuée. Nous nous considérions comme « normaliens », terme par lequel on continuait à désigner les élèves-maîtres d'Écoles Normales d'instituteurs, après leur transfert dans les lycées en 1940. Pour nous, le terme d'étudiant s'appliquait à une catégorie dont nous nous excluions vertueusement, celle des futurs médecins ou notaires, des gais lurons de la faluche et de la chaude-pisse. Ce titre ne nous flattait donc nullement, marqué comme il l'était par une double réprobation : celle de Tonton et la nôtre.

En second lieu, et je viens de le constater encore dans ma phrase précédente, cette façon de s'adresser à nous collectivement, de nous considérer comme une paire d'individus appartenant à une même espèce, m'incitait à inscrire, et donc à écrire aujourd'hui, à la première personne du pluriel ce que j'étais sans doute seul à ressentir, et que je n'ai donc pas le droit de nous attribuer à nous deux, mais seulement à moi. On voit l'escroquerie de ce « nous », qu'il m'arrivera souvent d'employer au cours de ce récit.

Tonton, c'était notre première rencontre avec le Pouvoir, le Chef auquel on vous présente en souriant comme une paire d'étudiants perdus, ramassés sur le bord de la route à Boisset ; le chef clairement identifiable à sa vareuse kaki, à son baudrier, à ses molletières, mais en fait le chef fantoche, simple représentant permanent au camp d'un pouvoir qui était ailleurs. Nous allions bientôt découvrir les échelons immédiats de ce pouvoir, mais notre position infime dans la hiérarchie ne devait jamais nous permettre de porter très haut nos observations.

Si cette perspective courte et brumeuse est regrettable pour qui veut mettre au clair des souvenirs, elle reflète par contre une réalité bien simple, c'est que la Résistance, comme tout mouvement de cette nature un peu organisé, était fondée sur un système cloisonné assez étanche, garantissant sa sécurité. De sorte que le mystère qui demeure, chaque fois que je crois avoir recomposé l'un ou l'autre de ces souvenirs, doit être considéré comme inhérent à la légitime structure défensive de la

Résistance, et non comme un effet de brouillage destiné à masquer un pouvoir que je trouverais inquiétant.

Dans nos campagnes, le patron, le père, « Notre Père », c'était d'abord celui qui détient le pouvoir de nous apporter le pain quotidien. Pour les réfractaires réfugiés dans les bois de cette région dès 1942 ou 1943, survivre était un problème qui pouvait se résoudre de manière individuelle par les relations avec les paysans. Mais lorsque fut organisé le parachutage dans les landes voisines (à une date que j'ignore mais que pourrait fournir la littérature spécialisée), et surtout lorsqu'affluèrent les résistants de 1944, une intendance fruste se mit en place, dont nous découvrions le fonctionnement par la simple utilisation que nous en faisions, plutôt qu'avec le souci de l'observer.

On prenait le repas sur une longue table à tréteaux, comme les jours de batteuse, à l'abri d'un hangar semblable à ces installations provisoires que dressent les bûcherons au fond des bois. Je retrouvai la saveur de fer des gamelles que j'avais appris à connaître dans les divers lieux champêtres où m'avait envoyé travailler le régime pétainiste les trois étés précédents, à Clerlande (Puy-de-Dôme), à Cazouls-d'Hérault, et dans les bois de Montsalvy. Mais le contenu en était bien différent. Les hasards de l'approvisionnement, au moment où nous arrivâmes, privilégiaient le fromage de Cantal, le jambon cru et la confiture de châtaigne, somptueuse trilogie du terroir dont les couleurs me semblent encore vibrer sourdement dans l'ombre mouvante des feuillages.

Les deux premiers produits provenaient des fermes voisines, et les énormes boîtes industrielles de châtaignes en compote sortaient directement d'une usine du Rouget. Si nous ajoutons à cela les conserves, le chocolat et le lait concentré parachutés par les Américains, nous voyons se dégager le schéma du pouvoir alimentaire :

    – libéralités des Alliés ;
    – prélèvements chez les paysans ;
    – fournitures de l'industrie locale.

L'accès à ces trois sources, comme nous le vîmes tout de suite, était aux mains des frères C., garagistes au Rouget. L'un d'eux, semble-t-il, se chargeait des relations avec les Alliés, et l'autre des opérations destinées à collecter l'approvisionnement.

Nous participâmes, Marcel et moi, à deux expéditions nocturnes de cette nature. La première se voulait essentiellement punitive et visait un château – sans doute dans les environs d'Aurillac, mais nous n'étions pas dans le secret – dont le propriétaire exerçait des responsabilités au sein de la Milice.

Depuis, j'ai essayé de localiser cette demeure banale, au bout de son allée de grands arbres, mais je n'y suis jamais parvenu, peut-être parce qu'un voyage nocturne en camion, par un itinéraire compliqué, et à une époque où je n'avais pas encore beaucoup sillonné les routes du Cantal, brouillait mes repères ; peut-être aussi parce que mes recherches étaient paralysées par cette sorte de paresse qui nous envahit lorsque nous voudrions retrouver les traces d'un souvenir désagréable.

Notre groupe sauta de la plate-forme du camion sur le gravier de la cour. Le sable crisse plus qu'à l'ordinaire quand les oreilles cessent d'être assourdies par le vacarme des cahots, de sorte que nous avancions vers le perron dans un bruit faux de film médiocrement sonorisé.

Le grand Fernand, à qui l'on fit la courte échelle, brandit sa hachette avec application, la langue entre les dents, pour couper dans les règles les fils du téléphone, mais il sectionna du même coup le branchement électrique, au milieu d'une gerbe d'étincelles.

L'exploit nocturne se déroula donc dans l'obscurité, mis à part les faisceaux intermittents de quelques lampes de poche.

Dans la sécurité aussi, il faut le dire, car le maître étant absent, il n'y avait à la maison que sa mère, une fillette et une jeune employée. Elles m'apparurent pendant une seconde, terrorisées et silencieuses, au fond d'une pièce.

En principe, leurs personnes ne couraient aucun danger, car l'objectif était de vider la maison de réserves alimentaires, sans plus.

Ces dernières consistaient surtout en une cave richement pourvue, dont le pillage me parut vite être la partie de l'opération exécutée avec le plus de brio. Je croisais dans les couloirs et les escaliers des hommes chargés de bouteilles, dont une, parfois, débouchée. Ils allaient de la cave au camion. Sur la plate-forme de celui-ci, une caricature de cambrioleur remplissait caisses et sacs avec les bouteilles, et aussi avec du linge, car il fallait bien emballer ce précieux butin. À la lumière de la lune on devinait l'avide comptabilité qui plissait son visage, et on distinguait clairement le mouvement de ses oreilles, qu'il avait décollées, et qui s'écartaient et se rapprochaient au fil des émotions, comme les lames d'un électroscope. C'était un des frères C., celui qui semblait être préposé à ce genre d'opérations.

Aujourd'hui, l'humour reprend le dessus, mais je fus écœuré à vomir. Marcel encore plus. Nous errions à tâtons de pièce en pièce, oubliés par les autres, et contents de l'être, troublés par la violation de l'intimité familiale plus que par le pillage lui-même. Pour combattre notre malaise, chacun de nous deux avait sa méthode. Une pelote basque avait roulé sous mon pied. Sa dureté, sa densité mystérieuse excitèrent d'abord en moi une curiosité enfantine. Puis, soudain, je la volai. Non pas comme on volerait allègrement le joujou d'un riche, mais pour commettre un vrai vol qui lesterait ma conscience comme la pelote lestait maintenant ma poche. Je n'étais plus un observateur dédaigneux, il fallait me « salir les mains ». La terminologie sartrienne, dont je ne disposais pas alors, vient aujourd'hui commenter ironiquement mes naïfs émois. Naïfs, nous l'étions tous les deux : Marcel, après avoir mangé au passage quelque friandise oubliée sur une étagère, laissa là un billet de banque, et s'en alla, le cœur un peu allégé.

Il n'était pas question de nous ouvrir dès ce soir-là de nos scrupules auprès des frères C. Nous le fîmes le lendemain, et je ne sais plus lequel des deux nous dit, sur le ton qu'emploie l'homme d'action pour reléguer aux cuisines un objecteur de conscience ayant ses états d'âme : « Eh bien, vous vous occuperez seulement de parachutage. »

Toutefois, la sortie suivante n'étant qu'une simple mesure de réquisition chez un paysan, nous acceptâmes d'y participer, mais à la condition que notre rôle se limitât à monter la garde auprès du camion. Celui-ci resta en stationnement à quelque distance de la ferme, près d'une murette en pierre sèche, sous un gros cerisier. Il y avait un peu de lune tiède, à la lumière de laquelle les fruits et les feuilles avaient presque la même couleur. Nous nous gavâmes de cerises, mais un peu nerveusement. Cet innocent butin de merles, sous la lune édénique, ne délogeait pas de ma conscience le remords d'avoir transigé. Un proverbe espagnol me revient aujourd'hui, quelque chose comme « *Una cosa es nadar, y otra es guardar la ropa* », nager est une chose, c'en est une autre de rester (sur la berge) à garder les habits. Nous n'avions pas voulu nous mouiller. Alors, pourquoi avoir la faiblesse d'accompagner jusqu'au bord de l'eau ceux qui s'y jetaient ?

Nous n'avons pas renouvelé cette humiliante expérience. Désormais notre activité nocturne et diurne fut absorbée par les soins que demandait la réception des parachutages.

Le terrain réservé à cet usage, une lande parsemée de broussailles, se trouvait entre la petite route qui va de Saint-Saury à Sousceyrac et les bois de la Luzette, où se cachait le camp. Il était balisé au dernier moment par des ampoules électriques, portées par des bâtons fichés en terre et reliées à une batterie d'accumulateurs.

Nous fûmes chargés, Marcel et moi, de maintenir ce bricolage efficace en bon état de fonctionnement. Cela consistait, en particulier, à descendre chaque jour à travers les taillis au fond d'une petite vallée où se trouvaient en charge en permanence plusieurs accumulateurs, grâce à un branchement pirate sur le secteur. Je me revois pendant ces allées et venues, une batterie sous le bras, enfant sage sur le chemin de la grande école buissonnière.

Le sentier formait tunnel. La mousse élastique faisait rebondir un peu mes pas, amicale impulsion de la terre. Je m'arrêtais de temps en temps pour écouter les bruits hésitants des menus hôtes du bois que je dérangeais.

Je débouchais ébloui dans la petite prairie où le soleil moussait. La chaleur instillait dans mes membres un engourdissement sourd. Au bord du ruisseau, j'avais le temps de rêver et d'écrire. La ligne de l'eau a toujours été pour moi une ligne de référence m'aidant à me situer, non seulement lorsque j'ai voulu faire le point dans ma conscience, sur les berges de la Rance ou les rivages vendéens, à cinquante ans d'intervalle, mais aussi comme simple repère topographique. Si, au lieu de m'embrumer de lumière à la recherche de ce débris de paradis perdu, je lis une carte de l'IGN et que mes yeux suivent la ligne bleue du petit ruisseau qui prend naissance au sud de la route de Saint-Saury, puis la ligne noire de l'EDF, je trouverai peut-être, à l'intersection, l'endroit où avait été installée la petite cabane à l'intérieur de laquelle les batteries sous tension chuchotaient de toutes leurs bulles. Ainsi se détermine presque toujours pour moi le point B du bonheur, à une intersection.

De cet attendrissant vallon, creuset de lumière pure, je remontais pour la préparation des tâches nocturnes.

Nous vivions à l'affût de ces messages dits « personnels » que Radio-Londres égrenait après les informations, litanies énigmatiques, long poème nasillard et délicat au fil duquel nous guettions l'adresse à nous destinée et qui brillait soudain dans la monotone énumération avec la netteté d'un octosyllabe : « De la chouette au merle blanc… »

Alors la nuit de juin nous appartenait davantage. La bruyère est plus dense quand on y marche dans l'obscurité. Au milieu du rond d'herbe humide où nous sommes assis luisent les formes anguleuses du poste de radio et de la batterie. À force d'écouter ce qui va venir, je n'entends plus le bruissement des insectes, réduit maintenant à un continuum légèrement ronronnant comme celui que les étoiles patientes transposent pour mes yeux. La grande conque céleste finit par émettre une onde sonore très lente qui apparaît et disparaît plusieurs fois, avec cette musicalité qu'avaient à l'époque les vrombissements éloignés des avions.

C'était le moment d'allumer les balises : plus tôt, elles auraient augmenté les risques de repérages inamicaux ; plus tard, elles pouvaient passer inaperçues aux yeux des aviateurs. Alors commençait un court dialogue entre le chant onduleux de l'appareil et la timide lumière de nos petites lampes qui, pour nos visiteurs du soir, devaient dessiner sur la terre un signe supplémentaire du zodiaque. Les feux de l'avion apparaissaient à leur tour, son fracas nous écrasait, tandis que quelques bribes d'anglais nous parvenaient à travers les écouteurs et expiraient tout de suite dans l'éloignement. Un instant, l'air semblait privé d'acoustique. Il ne reprenait un peu d'épaisseur sonore qu'avec les chocs des premiers containers, la palpitation mourante des parachutes, et les appels des compagnons qui se hélaient dans l'obscurité.

Il s'agissait le plus souvent de largages de matériel. Notre mission immédiate consistait à récupérer avant l'aurore containers et parachutes, dans un char à bœufs que conduisaient les paysans de la ferme voisine. Un tel attelage ramène toujours en moi une charge de souvenirs, ceux de l'enfant trimballé aux champs : odeur nourricière des animaux, cahots qui impriment douloureusement dans le corps les pointes des ridelles, et font aussi claquer les dents quand on parle.

Bien qu'elle fût un rude labeur, la récolte nocturne des parachutes, comme toute récolte, avait la gaîté du pauvre, avec en supplément un air de Noël en juillet. Il aurait été rationnel de détruire en totalité ces immenses corolles de nylon blanc ou de coton kaki, mais il était toléré qu'une fois cachées, elles constituent des gisements de tissu, particulièrement adaptés à l'ameublement de nos tentes, et toujours appréciés pour l'approvisionnement des familles.

Nous autres exécutants nous n'étions évidemment pas informés sur le contenu prévu des parachutages et sur la destination des armes et denrées, ce qui accentuait leur caractère de cadeau céleste, alors qu'en réalité, je le suppose, ils répondaient à la demande précise de nos responsables et à la stratégie des Alliés. Mais je ne voulais pas le savoir et, même aujourd'hui, je ne me reproche pas d'avoir manqué de conscience politique au point de ne pas m'être informé davantage : je désirais seulement jouer les utilités, et peut-être les futilités, car mon obsession naïve était alors de ne rien faire qui pût laisser croire que je prenais mon engagement au sérieux. C'était – horreur des bonnes âmes – un engagement de vacances.

Les containers les plus lourds recélaient des armes et des munitions. Nous avions libre accès aux armes de poing : je reçus un sachet verdâtre de plastique huilé qui enveloppait les pièces détachées d'un colt. Le plaisir enfantin que je pris à le reconstituer n'est comparable qu'aux émois que je ressentais en jouant au meccano quelques années auparavant. Je pourrais le décrire avec minutie car, docile à la pédagogie du sergent instructeur, je m'exerçai patiemment à le démonter et à le remonter les yeux fermés, de sorte qu'il m'en reste un souvenir tactile aussi précis qu'une notice explicative. Mais j'ai plaisir aussi à me rappeler l'odeur puissante de la graisse qu'il apportait d'outre-Atlantique, chargée d'exotisme militaire.

Quant à l'inscription gravée, selon laquelle l'arme était conforme au modèle 1917, avait été fabriquée dans le Nouveau Mexique et appartenait à l'Armée américaine, elle dotait cet objet d'un entêtement planétaire et lui conférait une pesanteur métaphysique qui s'ajoutait au poids réel de l'acier mortifère, constituant avec lui un lest matériel et mental dont j'avais sans doute besoin pour nourrir, et compenser à la fois, la légèreté ironique dont j'étais atteint à cette époque, et qui ne m'a pas encore entièrement quitté, Dieu merci.

Les livraisons d'armes étaient sans doute celles qui excitaient le plus l'intérêt des responsables de notre camp, voire de ceux des autres formations de la Résistance. Mais les rivalités autour de parachutages convoités ne se sont jamais concrétisées sous mes yeux. Elles restèrent à l'état de rumeurs flottantes, comme si l'information était retenue au-dessus de mon petit niveau hiérarchique pour éviter de nous démoraliser ou tout simplement par méfiance.

Le contenu des colis n'émettait d'ailleurs pas toujours des radiations aussi belliqueuses. Je me souviens d'un énorme cartonnage cubique, mal ficelé, qui contenait des centaines de chaussures de l'armée britannique, non pas neuves, certes, mais loyalement raccommodées. Ce somptueux cadeau de Sa Gracieuse Majesté n'éveilla que des convoitises modérées. Il resta sur place, à l'état de pyramide, parmi les genêts, se racornissant lentement sous l'alternance du soleil et des orages, visité de temps en temps par un maquisard pensif, qui s'efforçait de marier deux chaussures et les essayait en grommelant. Je suis encore fasciné par ce monument surréaliste en pleine campagne, par ce cairn à la Buñuel, et je me plais à imaginer qu'il a continué à résister aux intempéries longtemps après que nous avons levé le camp ; même si, en fait, je me doute bien qu'il a vite été la proie des récupérateurs de « surplus américains ».

Un soir on nous prévint que c'étaient des hommes qui allaient être parachutés. Une certaine curiosité nous tendait. J'essaie de déceler si elle comportait un peu de cette émotion que l'on aimerait ressentir dans l'attente d'anges libérateurs, ou si elle était causée par la simple nouveauté de l'événement. Je constate une fois de plus que l'imagerie de la Libération n'était pas encore lisible pour moi. Sans doute n'avais-je pas assez souffert personnellement de l'occupation allemande.

C'est pourquoi je réagis d'une manière assez indigne, lorsque j'entends tomber, du haut d'un médecin colonel américain encore en train d'épousseter les brindilles de son battle dress, cette phrase paternelle, appliquée, et un rien théâtrale : « Les Allemands vous ont fait beaucoup de mal (silence, geste de la main), n'ayez pas peur, on va les faire partir… » Dieu me pardonne, je dus réprimer un fou rire, car il me semblait entendre le bon médecin des familles s'adresser en langage bêtifiant à un bébé en pleurs : « L'a bobo, a pas peur, mainnant fini bobo… » Je me sentais tout à coup infantilisé. On a vingt ans, on se croit détaché de la toute-puissance familiale, et voilà qu'il vous est envoyé du haut des cieux de bons papas, des Pères Noël en kaki qui vous font « mimi » du bout de leur gros revolver et vous promettent de tuer le vilain méchant loup si vous êtes bien sage.

Cet officier américain ne fit que passer. Je le revis une fois seulement, le lendemain, quand je lui rapportai un colt que l'un de ses hommes avait perdu dans la bruyère. Mais un autre officier s'installa à demeure, c'était le major Macpherson.

En bon Écossais, il avait tenu à sauter en kilt, de sorte que nous n'aperçûmes d'abord de sa personne que l'éclair de ses cuisses, juste avant qu'il ne les recouvre de sa jupe plissée, en un geste circulaire sec, virilement féminin.

Pendant les semaines qui suivirent, nous le vîmes de temps en temps car il avait établi son PC au camp de base. Les baraquements de ce camp restaient un domaine assez fermé pour nous, et où d'ailleurs nous n'avions guère envie de descendre, parce que nous préférions, Marcel et moi, la vie érémitique du terrain de parachutage.

C'est pourquoi Macpherson ne m'a laissé, en dehors de son arrivée spectaculaire, que deux épisodiques souvenirs.

L'un d'eux, chose curieuse, concerne encore sa manière de s'habiller, ou plutôt de ne pas s'habiller : je le vis un jour en slip sur le pas de sa porte. Certes la chaleur de ce mois de juillet l'y autorisait. Mais au milieu de la Châtaigneraie, ce corps blanc d'aristocrate – blancheur Albion garantie – brillait avec une sorte d'insolence. Une autre fois, c'est la colère de sa voix qui s'inscrivit dans ma mémoire : « Cherchez-moi ce type-là… ! » (avec ty-pe-là bien martelé en trois syllabes après le sifflement explosif du t). Ce « type-là », c'était le garçon qui s'était trouvé endormi dans la lande au moment de réceptionner un parachutage, un de ces étudiants affligés de scrupules qui avaient demandé à être chargés de cette tâche plutôt que de participer à d'autres.

Cette nuit-là, j'ai éprouvé l'interchangeabilité de l'homme de troupe : cela aurait pu arriver à l'un ou l'autre de nous deux, car nous prenions alternativement la garde, et c'était tombé sur Marcel. Il avait saigné du nez dans la journée ; j'aurais dû en déduire qu'il était fatigué et rester discrètement en renfort non loin de lui. Au lieu de quoi, je dormais sous la tente quand le fracas des moteurs m'éveilla. Je constatai avec effroi qu'aucune de nos balises n'était allumée. L'avion tournait, cherchant à l'aveuglette, et je tournais moi aussi dans les hauts genêts sans parvenir à repérer Marcel. Quand on le retrouva, il dormait par terre, insensible à la fois au zin-zin des écouteurs et au bourdonnement furieux de l'avion. Dans l'affolement, les lampes fonctionnèrent mal. À tout hasard, on m'envoya chercher en courant la seconde batterie d'accumulateurs, celle qui était en charge au fond du vallon. Je remontai hors d'haleine, désespéré. L'avion ne faisait plus entendre que quelques grondements de mauvaise humeur dans le lointain, mais se désintéressait maintenant de nous. C'était un parachutage perdu.

Perdu pour tous ? nous demandions-nous. Il arrivait, nous le savions, que les aviateurs n'ayant pas réussi à repérer une aire de parachutage cherchent à se délivrer de leur cargaison sur un autre terrain. À la fin de la nuit, on pouvait ainsi pêcher un parachutage qui ne vous était pas destiné. Cela a dû se produire, puisque j'ai appris, beaucoup plus tard, que notre terrain avait précisément reçu pour mission particulière de récupérer ainsi des livraisons vagabondes, mais ce fut à mon insu. Je nous voyais plutôt en vertueux naufrageurs allumant leurs balises dès que se faisait entendre un vrombissement hésitant, pour essayer de décrocher ainsi une avalanche inespérée de containers.

La livraison manquée était-elle importante ? Nous ne le sûmes jamais, notre rôle subalterne ne nous donnant pas accès à ces secrets. Mais en tant qu'exécutants, nous eûmes par contre plein droit à la sanction, qui s'avéra d'ailleurs plus adjudantesque que dantesque : nous fûmes envoyés à fond de cale, je veux dire au fond d'un vallon voisin, où une ferme (la Fombelle peut-être ?) abritait plusieurs réfractaires ayant une expérience de modestes gradés. L'un d'eux fut chargé de faire subir à Marcel la punition qui consiste à exécuter divers exercices absurdes, sous une pluie d'ordres, avec un sac rempli sur le dos. Ceci était sans doute moins humiliant pour Marcel, qui souriait narquoisement, que pour le malheureux sergent qu'on avait chargé d'appliquer le châtiment, et qui affecta, me semble-t-il, de lui donner un caractère purement formel. « Me semble-t-il », dis-je. Car cet épisode reste flou pour moi, comme plusieurs autres de cette période, lesquels ne doivent donc pas être tenus pour des témoignages entièrement dignes de foi, mais pour de simples reconstitutions impressionnistes. C'est ainsi que je n'arrive pas à évaluer les parts exactes de responsabilité qui dans l'affaire incombaient à la mauvaise organisation et à ma propre légèreté. Le comble, c'est qu'après tant d'années, je ne sais même plus si j'ai vu Marcel faire seul l'exercice ou si je me suis vu le faisant avec lui. De telles fusions sont communes dans les cauchemars.

Nous touchions là un aspect de la discipline des casernes que des instructeurs essayaient chaque jour de nous inculquer.

À partir d'août, nous subîmes cette instruction dans la cour des casernes, à Aurillac, mais, au maquis, elle revêtait plus d'attrait à cause de son caractère de bricolage en plein air. En petits groupes, à l'ombre des genêts, nous apprenions à utiliser le plastic ou à démonter les armes. Dans un pli du terrain, nous tirions à la cible ou lancions des grenades. Nous découvrions aussi l'intérêt du camouflage en constatant que mon short blanc, reste de mœurs vacancières, constituait un point de repère excellent pour un observateur éloigné, et qu'il convenait donc de le teindre en vert et brun aux couleurs de la lande. Et quoi de mieux pour ce faire que de broyer sur le tissu des mottes de terre rousse humectées ou des poignées de cette « herbe à verrues » qui crache jaune... Quitte à constater, à l'usage, que cette teinture pâlissait, et que donc la meilleure façon d'imiter la nature n'est peut-être pas de lui emprunter naïvement ses sèves et humeurs... En somme, je me comportais comme un jeune élève en classepromenade, et il n'est pas certain que mes compagnons ne se livraient pas eux aussi à cette préparation militaire comme à un jeu de boys scouts.

Combien j'étais encore proche de l'enfance, malgré mes vingt ans passés, j'en veux pour preuve le premier effet de culpabilité terrifiante que produisit sur moi le parachutage manqué, et qui me rappela un instant celui que j'avais ressenti, jeune berger amateur, en découvrant horrifié que les vaches confiées à ma garde étaient en train de « faire dommage » dans le champ de blé du voisin.

De même, les bucoliques leçons de maniement d'armes dans la campagne épanouie du mois de juin ne me paraissent pas très éloignées aujourd'hui des pieuses récréations autour de Marcolès, au temps de ma première communion, quand les dames catéchistes chargées de notre « retraite » combinaient les exercices spirituels avec des jeux d'enfants sages, par petits groupes, dans le soleil glorieux du solstice.

L'enfant de chœur, avec ses gaîtés et ses terreurs, me faisait donc encore signe, du fond de ce ciel de juin. Mais l'azur mûrissait, devenait vénéneux. Sans bruit, au ras des collines surgissait le « mouchard », l'avion allemand chargé de la surveillance de cette zone. Sa lenteur de rapace en maraude, son silence onirique, creusaient soudain le paysage, et le frappaient d'une brève syncope que nos rires ensuite exorcisaient.

Pour nous qui ne quittions pas le camp, le danger restait toujours lointain, comme contenu au-delà de la ligne d'horizon. Un poste de guet où nous nous relayions tous les jours deux par deux avait été creusé à quelques centaines de mètres de la route, que nous pouvions ainsi surveiller. Ce trou abritait aisément deux ou trois hommes et une mitrailleuse légère. Celle-ci était là à demeure, le canon tourné vers le point de la route d'où partait la piste conduisant au camp.

La mission des guetteurs, en cas de pénétration d'une force ennemie sur cette piste, était de mettre la mitrailleuse en action, moins pour causer des pertes sérieuses aux assaillants que pour avertir les hommes du camp de base et leur donner le temps de « décrocher ». Fort heureusement, nous n'en arrivâmes jamais là. L'unique patrouille allemande qui, me dit-on, passa sur la route, ralentit mais sans montrer de curiosité exagérée.

Comment nous serions-nous comportés s'il avait fallu tirer ? La question que nous

nous posions était plutôt technique : comment se serait comportée la mitrailleuse ? Nous savions comment la faire fonctionner, mais nous ignorions si elle fonctionnait, car il n'y avait pas assez de munitions pour nous permettre des essais en tir réel. Nous lui faisions confiance. J'irai jusqu'à dire que nous avions foi en elle. Ce qu'elle avait de vieille lampe à souder, de fantaisie tubulaire dessinée par Fernand Léger, faisait vite place dans l'intimité à cette sorte de présence énigmatique qu'ont les idoles chargées de pouvoir. Je révérais l'écharpe de balles jetée sur son épaule, et dont les courbes contrastaient avec la raideur des autres lignes. Dans les trous du système de refroidissement, réguliers comme ceux d'une flûte mortelle, nichaient les petites araignées des champs.

Bref, je la retrouvais avec plaisir chaque fois que mon tour de garde me confinait près d'elle pendant quelques heures. Une bâche verdâtre nous protégeait du soleil et de la pluie. J'entends encore le bruit des gouttes, que je retrouverai par la suite chaque fois que je camperai. Je sens toujours l'odeur du caoutchouc surchauffé qui se mêlait aux relents un peu sépulcraux de cette sorte de fosse.

De la tension du guet, je n'ai plus aucun souvenir. Je me laissais glisser dans ce qui me semblait être d'impérissables méditations intra-utérines. Je m'occupais aussi à apprendre par cœur *Les fleurs du mal* dont j'avais toujours à la poche une minuscule édition.

Enfin, le compagnon que m'octroyait le hasard était toujours pour moi une sorte de découverte humaine comme je les aime, sans mondanités ni hiérarchies. Une fois, l'un d'eux, qui portait un petit béret et des lunettes à monture transparente, me montrait en souriant, comme si c'était un signe de reconnaissance, la blanche couverture NRF de *Dedalus*, sa lecture à lui ; un autre jour, un gaillard sans doute illettré écoutait de ses gros yeux clairs le monologue que je lui débitais, conformément à ce penchant qui m'a toujours rendu plus bavard avec certains inconnus qu'avec mes familiers.

Je ne sais plus comment ils se nommaient, phénomène que je suppose réciproque. La fraternité dite « des armes » s'accommode certes de l'anonymat, mais je suis toujours étonné devant le contraste que forment dans ma mémoire les vives images visuelles de mes compagnons d'un jour, et l'ensevelissement de leur nom. Cela va jusqu'à provoquer en moi l'impression d'une foule que j'aurais traversée, ce qui est illusoire puisque je n'ai connu, en fin de compte, qu'un petit nombre de camarades au cours de cet été-là.

Ce qui me blesse dans mes convictions égalitaristes, c'est que l'un des rares noms qui surnagent, comme bénéficiant d'une immunité particulière, soit celui d'un jeune aristocrate, Michel de B.-P., parachuté par les Anglais, et qui resta quelques jours parmi nous avant de rejoindre son unité. Tête de gavroche sous le petit béret à ruban, il aimait faire du bruit avec les explosifs comme un enfant avec des pétards. Je lui trouvais quelque chose d'un fils de famille bien élevé auquel l'armée britannique venait d'apprendre qu'il n'était pas inconvenant de jouer avec les allumettes. Il avait tout pour mourir en rigolant, mais j'espère bien qu'il a survécu à la guerre de libération, tout comme son nom privilégié a survécu dans ma mémoire[1].

---

[1] Que le lecteur se rassure, ce très jeune lieutenant, qui avait seulement 18 ans en 1944, vécut jusqu'à l'âge de 92 ans (1926-2018).

Eussè-je conservé les noms de mes camarades roturiers, que je n'en serais peut-être pas plus avancé, puisqu'il s'agissait souvent de pseudonymes. En vertu d'un usage hérité des temps de la clandestinité « dure », mais en passe de disparaître à mesure que les groupes des maquis étaient absorbés par l'armée, nous choisissions un faux nom qui n'était autre, bien souvent, que notre vrai prénom... Ruse naïve qui n'assurait pas une protection très épaisse, mais me permettait sous le nom de « C. Albert » de recevoir bourgeoisement mon courrier à la poste du village.

Les vrais pseudonymes de clandestinité, ceux qui scintillent en italiques dans les histoires de la Résistance que j'ai lues ensuite, ceux que l'homme traqué multiplie pour donner le change à la meute, les auto-baptêmes que la suite des événements rend narquois ou tragiques, je n'ai pas eu le temps de les connaître. De cette forme de déguisement, je n'ai saisi alors que le jeu, l'insoutenable légèreté du jeu, la fadeur du « grand jeu » dont on impose la règle aux adolescents en culottes courtes.

C'est pourquoi aujourd'hui, 1er juillet 1990, j'éprouve le besoin de lester ces pages avec de vraies balles, non pas que j'aie jamais couru alors personnellement le moindre danger, mais parce que cet été-là, j'ai entendu claquer la mort au bois :

Ô Mort, mène-nous dans le bois
pour retrouver la rose morte...

(Apollinaire, « Chœur des jeunes filles mortes en 1915 », dans *Lettres à Lou*).

Dans le bois, donc, au camp, séjournèrent, au cours des mois de juin et de juillet, plusieurs personnes détenues là pour fait de collaboration. J'ignore leur nombre exact et la durée de leur séjour. Mais il me sera facile de retrouver trois ou quatre images qui m'ont impressionné, et qu'accompagnent aujourd'hui dans ma mémoire ces vers d'Apollinaire – les derniers que j'aie appris par cœur.

D'abord, au milieu d'une clairière où se groupaient des baraquements (ou des tentes, je ne sais plus), deux hommes qui passent très lentement, l'un derrière l'autre, entre les troncs espacés. Celui de devant marche la tête basse. Celui de derrière (petit béret, petite moustache, petit mégot, petites lunettes, petit sourire triste) le tient en laisse.

On m'explique avec un peu de gêne : c'est un juif qui a perdu toute sa famille sur dénonciation, alors on lui a confié la garde de ce salaud de collabo. Il le sort comme ça, pour le faire pisser. Il le conduisait effectivement « comme ça », c'est-à-dire avec la laisse dans une main, et dans l'autre une baguette flexible de coudrier.

Les deux silhouettes solidaires se déplacent sur la grille immobile des troncs. La ligne horizontale de la corde se tend et se détend. L'arc oblique de la baguette oscille à chaque pas. Je m'étourdis aujourd'hui avec ces notations formelles pour décrire froidement cette apparition, maintenant tout aplatie dans mon herbier personnel, dépourvue de perspective, remontant du passé en noir et blanc comme une épreuve photographique trop contrastée. Et malgré cet effort d'impassibilité, je suis envahi par la tristesse. Jamais je n'aurai vu ainsi unis, liés, cousus, mariés, égalisés, la victime et le bourreau, le bourreau devenu victime, la victime devenue bourreau.

La baguette menaçante, même si elle ne frappait pas, indiquait qu'il y avait un maître et une bête. Cela se passait à une date où, dans les camps de concentration, l'animalisation méthodique des détenus se poursuivait encore inexorablement. Mais ici le maître était le juif, et l'antisémite la bête. Je suis terrorisé par l'instabilité de l'humiliation, par cette réversibilité qui fait qu'elle peut changer de sens et de camp d'un moment à l'autre. Mais je n'ignore pas que j'offense l'humilié d'hier en le traitant de bourreau. Sa badine était symbolique, alors que ses frères subissaient l'abjection dans leur chair aussi. Et c'est pourquoi je suis toujours triste quand je promène dans ma mémoire ce couple enchaîné, qui tourne pour moi dans le même manège que les réprouvés de Dante.

Et voilà que par ce manège, aujourd'hui 14 juillet 1990, la langue, encore une fois, me piège. Manège d'enfer, enfer des manèges, enfer de la fête, envers de la fête.

La fête d'Aurillac a lieu la semaine du 25 mai : c'est la Saint-Urbain. Cette année-là, j'y avais traîné un moment, comme d'habitude, dans le vacarme et la poussière blanche du « Gravier », la promenade où s'installent les forains. Quelques semaines après, au maquis, je n'y pensais plus, quand je reconnus un jour dans la pénombre du bois une tête tuméfiée déjà vue au grand soleil de la Saint-Urbain, mais vue à l'envers. Je m'explique.

Une des « attractions » de la fête était un athlète de foire qui demandait au public de le ligoter, et se faisait fort de se délivrer ensuite tout seul. Quand j'arrivai, sur la promenade du

Gravier, à hauteur de l'attroupement, l'homme était entortillé dans de grosses chaînes, et suspendu par les pieds, depuis un moment déjà, à un portique. Sa tête, écarlate, frôlait le sol. Il haletait par saccades. Ses efforts méthodiques pour desserrer les chaînes en jouant sur les mouvements respiratoires, et sur les contractions de ses muscles de lutteur, étaient coupés de brusques secousses incontrôlées, de spasmes de chrysalide folle.

Je n'ai pas attendu la suite. À l'instant où je m'éloignais, un spectateur était en train de dire à un autre, d'un air compétent : « Vous comprenez, cette fois-ci, le type qui l'a attaché, c'est un gars qui a fait son service dans la marine, et qui appris à bien amarrer… » Ce spectateur au regard technique de bourreau n'était peut-être après tout qu'un compère de la « victime », comme il en faut souvent dans ce genre de numéro, pour faire mieux valoir la performance. Il n'y avait donc sans doute pas de quoi s'émouvoir. J'emportai néanmoins l'image dramatique de cette tête renversée et congestionnée au milieu de la fête.

Et c'est cette tête que je reconnus un matin à la porte d'une baraque du maquis.

L'homme était cette fois affalé contre les planches, les yeux mi-clos, portant les signes d'un tabassage récent : il venait de subir un interrogatoire en tant que dénonciateur.

Le soir du même jour, le grand Fernand nous raconta qu'il venait de l'enterrer : « On partait pour l'exécuter, mais ce con, voilà qu'il tourne de l'œil, tout d'un coup, sans faire de bruit. C'était fini, il n'y avait plus qu'à lui faire un trou. »

L'endroit qui servait de cimetière clandestin, dans une zone touffue du bois, n'était pas très éloigné de notre tente. Il y avait déjà la tombe d'un camarade, victime, quelques temps avant notre arrivée, de sa propre mitraillette Sten. Cette arme très élémentaire, la « deux-chevaux » des armes à répétition, avait un inconvénient : il suffisait, disait-on, de donner par terre un coup de crosse – cette rigolote crosse en fer évidée – pour que se déclenche une rafale vidant tout le chargeur. C'est ce qu'avait fait par mégarde le malheureux, qui avait été cisaillé en diagonale par la décharge.

Le troisième mort fut le père L., condamné et exécuté pour avoir livré des juifs aux Allemands. J'ai retenu clairement ce nom, associé dans ma mémoire, comme on le voit, à une formule de dénomination familière, imputable à une fréquentation de quelques heures : Marcel et moi avions été chargés de le surveiller sous notre tente, entre sa condamnation et son exécution. Bien qu'il s'agisse d'une véritable garde à vue, je n'arrive pas à employer un autre mot que celui de surveiller, fourni par le vocabulaire scolaire dont nous étions encore tout imprégnés. Nous « surveillions » le « père L. », comme le « père Untel », répétiteur au lycée, nous surveillait quelques jours plus tôt pendant les « permanences », ces zones creuses de l'horaire. N'était-ce pas aussi la grande zone creuse pour le condamné ? Nous vivons empêtrés dans les mots. Le bon répétiteur, marqué par son passé d'instituteur, nous donnait le signal de la sortie par un ordre bref, presque militaire, réduit à « pliez », émis en une seule syllabe. « Pliez », comme on plie les voiles à l'arrivée dans les récits de l'antiquité méditerranéenne. « Pliez » comme on plie bagage.

Le père L., sous notre surveillance donc, pliait bagage.

La conversation avec lui eut ainsi quelque chose de socratique, dans le scénario du moins, car le contenu en fut moins édifiant.

Il était assis sur cette espèce de lit que nous avions confectionné avec une estrade grossière recouverte d'un amoncellement de soyeux parachutes. Soit à cause de cet orientalisme improvisé, soit parce qu'il avait besoin de poursuivre devant nous sa défense, il nous parla de son existence au Maroc, de ses difficultés d'exploitant agricole exploité par les usuriers (il fallait entendre : les juifs), et de ses expériences de père de famille qui « allait de temps en temps se dégorger avec les petites Marocaines, bouts de femmes sans beaucoup de tempérament, vous savez, une petite secousse et c'est fini. » Il sentit à un certain moment que la répugnance l'emportait en moi sur la bienveillance et, pour récupérer un peu de terrain, il flatta du bout des doigts mon petit

Baudelaire qui traînait par là, et me dit en esthète de bonne compagnie : « C'est splendide, ça. »

Ma mémoire n'a conservé aucune trace de l'instant où on vint le chercher, sans doute parce qu'il se comporta alors avec un effacement banal.
Mais j'entends encore la décharge du peloton, à quelques pas de là.
Et j'entends surtout, immédiatement après, la voix du lieutenant canadien qui avait commandé le feu, et qui lança comme une invocation avant de donner le coup de grâce : « À mes camarades de l'Armée Rouge ! »
La phrase s'éleva, puissante et claire, dans le silence absolu qui venait de se creuser entre les fourrés tièdes et le ciel pur de l'été. Aujourd'hui, elle retentit encore à mes oreilles plus fortement que le bruit des détonations.

Qu'est-ce qui poussait le chef du peloton à proférer cette sorte d'envoi poétique sanglant, que nul règlement militaire ne tolérait sans doute ? Parfois, les fusillés parlent, mais les fusilleurs, eux, se taisent. L'enfant du Manitoba voulait-il ainsi rituellement prendre la place de sa victime ? Se sentait-il investi de fonctions sacerdotales dans une vague religion communiste ? Était-il seulement enflammé par la camaraderie militaire internationale ? Voulait-il se doper de colère en retrouvant le souffle imprécatoire des héros de l'Iliade ? S'enivrer de la fumée des sacrifices ? Je finis par me dire qu'au moment d'administrer au pauvre père L. l'ultime « petite secousse », l'homme du Grand Nord ne cherchait qu'à se rassurer en tendant la main aux mythiques héros de l'Est Rouge.

Et voilà que, d'interrogation en interrogation, je me retourne contre moi-même pour m'accuser aujourd'hui, quarante-six ans après les faits, d'avoir repris spontanément pour désigner la mort de L. le terme désinvolte de « petite secousse » qu'il avait employé un peu plus tôt devant moi pour décrire avec un certain mépris le comportement sexuel des Marocaines soumises. Les mots conservent longtemps leur potentiel de maléfices. Une parole futile, congelée pendant un demi-siècle d'oubli, retrouve soudain sa virulence. Mais, cette fois, c'est moi qui en fais les frais. Ma légèreté d'aujourd'hui répond en écho à la sienne.

Et dans mon dialogue avec ce fantôme, ce n'est pas lui, c'est bien moi qui associe la mort à l'orgasme, à moins que ce qui parle en moi soit ce substrat linguistique et littéraire à la surface duquel je vagabonde, et qui d'Apollinaire en Lacan me ballotte.

Dans le maquis comme dans le langage fraternisaient la mort et l'amour. Pour en parler, je passerai par un informateur (acteur aussi, on le verra) que j'appellerai « l'Alsacien », parce qu'il l'était, et parce que j'ai oublié son nom.

L'Alsacien se reconnaissait de loin à son rire jovial, en cascade lente. Sa face rubiconde, un peu plate, s'épanouissait très facilement, comme pour faire oublier son inquiétante force physique. Il était intarissable lorsqu'il racontait ses exploits amoureux, d'une grosse voix retenue et caresseuse : « Avant de prendre le maquis, je suis passé dire au revoir à mon oncle, à la campagne. La cousine m'a vu venir, et elle est vite allée dans le couloir sans rien dire, pour qu'on ait le temps de faire l'amour deux fois avant que j'entre dans la cuisine embrasser l'oncle et la tante. Ça lui plaisait, de faire ça sans bruit, sans qu'on fasse semblant de rien. L'été, quand on était tous assis dehors pour prendre le frais, en famille, elle venait toujours sur mes genoux pour que je l'enfile un peu, tu vois, sans m'arrêter de parler, etc. »

Ma citation suffira pour caractériser ce sympathique garçon, mais sans doute aussi pour éveiller quelque méfiance à l'égard des exploits du même type qu'il transposait dans le cadre du camp.

On avait naturellement recours à lui pour garder les prisonniers, parmi lesquels il y eut, à ma connaissance, deux femmes.

Pour elles, je reviens à la clairière du P.C.

Torpeur de sieste. Par la porte d'une grande tente, je distingue dans l'ombre une femme assise sur un lit, près d'autres lits vides. Sa silhouette un peu mûre se détache sur le fond de la tente qui est au soleil. Il me semble qu'elle portait une robe à pois, mais c'est peut-être mon imagination qui la gitanise. Elle s'appuyait sur le plat de ses mains dans une attitude d'accablement – mais c'est peut-être parce que je projette sur elle la fatigue pesant sur les vastes épaules de l'Alsacien, qui à ce moment sortait de la tente. « Elle me fout à zéro. Elle arrête pas. Elle en veut toujours. Elle n'a peur que d'une chose, c'est qu'on la remette en liberté. » Il paraissait s'excuser, avec une sorte de conscience professionnelle, d'avoir épuisé ses possibilités.

Un autre jour, un matin, je vis passer dans le soleil encore humide une jeune fille en tailleur clair très net. Elle plaisantait avec un élégant lieutenant en complet croisé sombre, et qui venait d'être parachuté. Le bonheur des catalogues de mode. « Cette petite, tu sais, on couchait tout le monde ensemble, la nuit, je lui ai fait comprendre à l'oreille qu'il fallait pas réveiller son père, et alors on a fait ça sur le côté, bien doucement. Il paraît qu'elle est fiancée avec un chef scout. »

Elle était surtout la fille de L., comme l'autre était la compagne du lutteur forain. Amour et mort cousus ensemble par la parole sexuée de l'Alsacien, par celle du vieux colon, et par la mienne aussi qui les rassemble en fin de compte.

Mais plus j'entends la voix rigolarde et peloteuse de l'Alsacien, plus j'analyse les éléments communs à l'histoire de la cousine affectueuse et de la fiancée du scout (amour furtif en présence du père/oncle), plus je suis porté à croire que ce garçon fantasmait de façon homogène plutôt qu'il ne nous informait avec exactitude.

Quant à moi, muni aujourd'hui d'un

outillage culturel différent de celui dont je disposais à l'époque, j'ai maintenant dans l'oreille la musique d'Apollinaire :

> Ô Mort, mène-nous dans le bois
> pour retrouver la rose morte.
> Et le rossignol dans le bois
> chante toujours comme autrefois...

et cela m'aide à harmoniser dans ma mémoire ces hurlantes clameurs de la mort et du sexe.

À la mi-juillet, le « fond de l'air » va changer. La clandestinité disparaît. On nous parachute des uniformes. Le 14, une grande parade aérienne remplit le ciel de bombardiers qui rythment avec de petites rafales guillerettes leurs lointains ronronnements d'orgues. J'apprendrai beaucoup plus tard que notre terrain de parachutage était désigné sous le nom de code de « Chénier », et qu'il cessa officiellement son activité le 31 juillet.

Ce nom de Chénier, au charme funèbre d'ancien régime, se charge ainsi pour moi d'une mélancolie supplémentaire, celle qui est propre aux dénominations nous parvenant après la mort des choses, comme la lumière d'une étoile éteinte depuis longtemps.

Avant que s'éteignent les feux de camp, avant que je passe à l'encasernement collectif à Aurillac qui remplira le mois suivant, j'éprouve ici le besoin de me retourner vers la Luzette pour y capter le souvenir de deux individualités anonymes, hôtes d'un jour ayant traversé la nébuleuse de ma mémoire avec assez de netteté pour que je les appelle « les dandys » dans ma galerie personnelle de figurines.

L'un d'eux est ce lieutenant si bien peigné, dont la veste croisée et les pantalons impeccables firent si bel effet auprès de la blanche prisonnière. J'imagine qu'il a dû passer par le camp comme un chat, entre deux sombres missions de sécurité.

L'autre, quand je l'ai entrevu, venait de sortir indemne d'un interrogatoire et disait en contemplant ses mains avec tendresse : « Vous savez, dans mon métier, je trouve normal qu'on soit interrogé durement, qu'on soit travaillé au corps, mais à condition qu'on respecte deux choses : le visage, et surtout les ongles. » Il portait un costume vert et avait une chevelure teinte en rouge.

Voilà les deux petits soldats de plomb si joliment déguisés en civils que je tire du fond de mes poches avant d'aller moi-même jouer au petit soldat dans les rues d'Aurillac.

On nous logea aux casernes, pour affirmer clairement que les effectifs hétéroclites du maquis, appelés maintenant F.F.I., allaient subir une formation militaire officielle. Mais ce terme n'aurait eu aucun prestige pour la plupart d'entre nous, aussi préférait-on nous dire que nous allions nous « préparer à l'action », pour être incorporés à une « unité d'action », lorsque nous en serions jugés dignes.

Ce fut alors la période du maniement d'armes dans la cour de la caserne, ou plutôt sur la place des Casernes, car c'était un lieu public fréquenté où tout le monde pouvait nous regarder manœuvrer. Ce fut le règne des sous-officiers, de celui qui annonce avec solennité « Et maintenant je vais vous demander le meilleur de vous-mêmes », avant de nous apprendre à placer la crosse sur l'épaule, et de celui aussi qui rougissait de vanité chaque fois qu'il rappelait qu'il avait servi sous de Lattre, et qui lançait en l'air à tout moment la rituelle menace « fré-pi-sél-sang » (« je vous ferai pisser le sang »), même quand nous étions parfaitement dociles.

Mon accoutrement avait un peu changé. J'avais troqué le short blanc marbré de sucs végétaux contre une culotte courte taillée dans le même drap bleu marine que le blouson. Je me coiffais d'une impressionnante « galette » de chasseur alpin. Et je m'obstinais à porter ces vieilles bottes de caoutchouc noir si faciles à chausser lors des alertes nocturnes de la Luzette, mais toujours trop petites pour que je puisse mettre des chaussettes.

On m'avait confié un fusil Lebel modèle 1915 qui tenait admirablement la mer – je veux dire la main – pendant les exercices, mais était rebelle à toute tentative de tir. Je feignis de m'intéresser à cette émouvante impuissance, et obtins l'autorisation de consulter un armurier de mon choix. L'autorité militaire, dont je dépendais désormais, me délivra un permis de port d'arme en bonne et due forme. Le fusil historique en bandoulière, je parcourus, en affectant une démarche caoutchoutée de légionnaire vétéran, la courte distance qui séparait les casernes de la rue Victor Hugo.

Il y avait dans cette rue une armurerie dont la devanture m'avait longtemps fasciné à l'époque où j'étais pensionnaire au « Cours Complémentaire », et le hasard voulut même que je retrouve là un de mes professeurs d'alors qui était, en tant que chasseur, un habitué de cette boutique. Penchés sur l'arme défaillante, nous retrouvâmes sur le champ cette connivence amicale qui entourait les « expériences » au temps où il nous enseignait « les sciences ». C'est la dernière fois que je revis Monsieur Jauze, son béret rond et sa moustache en brosse ; la dernière fois que j'entendis sa voix métallique, adoucie par les circonstances de notre rencontre, cette voix qui au début de la leçon de chimie déroulait comme une banderole : « Le méthane, dit aussi grisou, dit aussi gaz des marais… » Je m'arrête là sur le chemin des fades nostalgies de la vie scolaire, mais non sans observer que ce court séjour militaire à Aurillac en août 1944 m'a plus vite rapproché de mes souvenirs de collège (36-41) que de ceux, pourtant plus récents, du lycée (41-44).

Ma lecture, pourrait-on dire, de la ville d'Aurillac a toujours varié selon le quartier où me conduisait l'occupation du jour. Je n'ai jamais, à cette époque, et dans ma tenue pittoresque, fréquenté les abords du lycée. Cela signifie-t-il que je les évitais ? Je faisais le rituel « tour du square », mais la nuit. Était-ce seulement à cause des horaires de sortie ? Je participai à un défilé militaire, mais son itinéraire ne m'a laissé aucun souvenir, sauf celui du point précis, que je pourrais indiquer sur un plan, où une spectatrice fit en me voyant le commentaire suivant : « Regardez, il y a même un pauvre vieux tout barbu ! »

Je ne suis jamais entré, ni alors, ni avant, ni après, dans le cimetière d'Aurillac, mais ce lieu me glace toujours lorsque je passe à proximité, parce qu'un matin je fis partie d'une équipe chargée de monter la garde sur un des chemins qui y conduit : on fusillait le capitaine de gendarmerie, et une action possible de ses amis était à craindre au dernier moment. Nous vîmes monter de la ville la camionnette bâchée où se trouvaient, nous dit-on, le condamné et son cercueil encore vide.

La sentence avait été prise au tribunal d'Aurillac, sous les cris de mort du public. Il fut réhabilité et décoré à titre posthume très peu de temps après. L'horreur et la haine de l'hystérie collective m'accablent toujours lorsque je tourne aujourd'hui mon regard dans cette direction.

À l'autre extrémité d'Aurillac, et de mes pensées, s'ouvre la vallée de la Cère vers laquelle nous fûmes dirigés (à la fin d'août ?) lorsqu'il fut admis que nous constituyions une compagnie apte au combat.

Je m'étais d'ailleurs présenté quelques jours plus tôt devant le conseil de révision de Saint-Mamet. Cette sorte de sacrement laïque qui dans l'esprit des campagnards faisait de vous « un homme » était alors administré avec beaucoup de solennité par les dignitaires de la

République. Nous étions très nombreux : la classe née en 1924 se situe en plein redressement démographique après la saignée de 14-18. Mais rares étaient parmi nous ceux qui, ayant pris le maquis deux mois avant, jouissaient d'une certaine expérience des armes et se sentaient l'objet d'une attention particulière. Lorsque vint mon tour de me présenter, seul et nu, devant l'auguste aréopage, je fus accueilli par une exclamation joyeuse du conseiller général : « Mais je vous reconnais, vous étiez à la Luzette ! » Il s'entretint un instant à voix basse avec le puissant médecin-major. Après quoi, me scrutant de nouveau, il me posa la question suivante : « Savez-vous jouer du violon ? » J'essaie de retrouver aujourd'hui l'étonnement légitime qui devrait s'emparer de vous quand, vous trouvant nu devant un monsieur distingué, celui-ci vous demande si vous êtes violoniste, mais je ne retrouve que l'écho du fou rire qui me secoua un moment plus tard, lorsque nous fûmes rhabillés.

Apte au service, je l'étais donc. Apte au combat, beaucoup moins, si j'en crois mes contre-performances dans le lancer de la grenade, exercice auquel nous nous livrâmes avec intensité quand nous fûmes cantonnés à Comblat, c'est-à-dire à l'entrée de Vic-sur-Cère. Soit que les magnifiques prairies plates des bords de Cère offrissent un terrain commode pour cet exercice, soit que, pour libérer le territoire, l'armée eût un besoin encore plus urgent de grenadiers que de violonistes, nous délaissions toute autre occupation pour cette sorte de jeu de guerre. Celui-ci n'était pas sans rappeler les interminables parties de gendarmes/voleurs que nous organisions à douze ans dans les jardinets qui entourent Marcolès. Mais au lieu de l'euphorie des après-midi de congé, je ne retrouvais que l'amertume des devoirs ratés, car lorsque je faisais décrire à mon bras ce noble mouvement semi-circulaire qui doit impulser l'objet meurtrier, je me trompais sur le moment où il convenait d'ouvrir la main, de sorte que la grenade prenait la tangente trop tôt et partait presque en chandelle, ou bien trop tard et roulait alors dans l'herbe à quelques pas. Dans les deux cas, on voit que j'étais un grenadier plus dangereux pour les amis que pour les ennemis.

C'est peut-être ce que pensa notre lieutenant sans me le dire, car sa politesse et sa bienveillance le lui interdisaient, lorsque je vins l'informer que j'étais autorisé à continuer mes études en classe préparatoire et que j'hésitais entre cette voie et celle du devoir patriotique, qui commandait plutôt que je participasse la main au fusil à la libération de la France. Il me répondit en souriant, sans l'ombre d'une hésitation, mais peut-être pas sans un petit nuage d'ironie, que je servirais aussi bien mon pays en préparant le concours, et sur l'heure il me démobilisa.

Avec Marcel, qui lui aussi désirait préparer Saint-Cloud au lycée de Toulouse, je fis donc là mes adieux à l'armée, au milieu de la cour du château de Comblat. Nous descendîmes chercher notre paquetage dans la magnifique étable où nous dormions, de l'autre côté de la route. Cet édifice allongé, percé de petites ouvertures régulières, est resté pour moi depuis lors une sorte de monument personnel, souriant et narquois lui aussi malgré son austérité. Je le salue chaque fois que je remonte la vallée de la Cère, mais j'oublie toujours de le regarder lorsque je la descends.

Selon la manière de l'approcher, le souvenir d'un objet se rehausse ou s'abolit. Cette étable reste pour moi une sorte de borne-frontière à laquelle s'arrête l'été 44. Mais c'est un souvenir à éclipses, comme les autres souvenirs de cette époque, pièces d'un petit système astronomique personnel dont je dispense souverainement la lumière, mais dont je ne maîtrise pas le mouvement.

Au-delà de l'étable de Comblat, vers Vic, le Lioran, l'Alsace, il y a le vide, le chemin que je n'ai pas suivi. Ce que commémore l'ironique monument, c'est que là, un jour de l'été 44, je *ne suis pas* mort pour la patrie.

Comment s'étonner dès lors qu'il me fascine immanquablement quand je remonte la vallée, quand il ouvre en moi la béance du non-réalisé, alors que, si je descends, il n'est que l'infime composante locale d'un trop charmant paysage. En aval c'est, ce fut, ce sera le sage retour aux études. Adieu Verdun, bonjour l'école.

Chacun de ces souvenirs n'est-il pas d'ailleurs lui aussi bâti sur un point de bascule ? La moto ravisseuse, l'expédition nocturne, la pêche aux parachutages, la mort au bois ? Souvenirs changeants, selon qu'on les regarde de haut en bas ou de bas en haut. Si je note sans m'arrêter, comme en passant, que j'écrivais au bord du ruisseau, je ne dis pas, – mais je le dis aussi –, à qui c'était, ni que mon esprit fut pendant toute cette période envahi par la grande floraison de l'amour.

Quant à chacun des personnages, qui font une brève apparition, réduite parfois à un mot, au cours de ce récit, Monsieur de La Palice me souffle à l'oreille que c'était un être humain à part entière, dont le passé, le présent et l'avenir (pour ceux qui n'en furent pas privés) pourraient complètement changer le sens de ce que je dis.

Et si la présence de Marcel, le gai, le subtil compagnon de tous les instants, ne s'affirme pas à chaque page, c'est parce qu'il est précisément toujours là.

Ceci est à lire, comme l'étable où nous campâmes, aussi bien d'en haut que d'en bas, c'est-à-dire en regardant aussi bien vers la moitié qui s'est vidée que vers celle qui s'est emplie.

« Cap mount, cap bal », murmuraient autrefois les fillettes qui jouaient « aux épingles » sur les marches de granit de leur école. Cette expression rituelle signifie « vers le haut » « vers le bas », avec une nuance de mouvement rapide. J'en ignore la fonction dans le déroulement de ce jeu mystérieux qui consistait à faire avancer sur le sol, par de petites pichenettes, des épingles dont la tête était une perle de verroterie. Selon la position nouvelle que prenait l'épingle, j'entendais « cap mount » ou « cap bal ». Rythme qui me revient toujours lorsque j'essaie d'épingler mes points de repère sur cette carte d'état-major jaunie de l'été 1944.

Pour une interprétation stéréo des souvenirs de la Luzette : fragments du journal tenu l'été 1944

J'ai conscience d'avoir écrit ces quelques pages en me laissant guider par les associations d'idées plus que par le projet de porter témoignage. Une sorte de vertige m'incite à me livrer à l'expérience suivante : comparer les faits que je viens de rapporter, non avec la réalité, qui m'échappera toujours, mais avec ce qu'il m'est arrivé de noter à chaud pendant cette période, dans quelques pages d'un début de journal, que je tins les premiers jours où je n'avais pas encore la possibilité d'expédier mon courrier, et ensuite dans mes lettres de cet été-là.

Comme il fallait s'y attendre, je suis obligé de conclure à la mauvaise foi de ma mémoire, sur plusieurs points que je n'ai pas le courage de soumettre à une autocritique masochiste. Je me contenterai donc de verser ici à mon dossier des passages de ces documents.

Éclairent-ils, comme on dit, les faits et observations rapportés ? Ils projettent plutôt sur ces pages écrites quarante-six ans après une image décalée, bougée, ce qui me fait voir un peu double, mais non un peu trouble. Duplicité de la mémoire, qui jette le discrédit sur elle-même, en même temps qu'elle crée un relief surréel, comme celui des vieilles vues stéréoscopiques.

11/06/1944

J'ai échoué sous cette tente par hasard : mercredi soir (à Boisset) je faisais avec Marcel Condamine l'inventaire de nos derniers préjugés : « – Tu te rases ? – Pas avant de revoir Antoinette. – Tu te mouches ? – Mon Dieu, oui, tant qu'il me reste un mouchoir… », lorsque deux « maquis » en moto stoppèrent devant nous :

– Avec nous, les gars ?

– Bien sûr.

Et à toute vitesse par les routes crevassées.

L'un d'eux m'avait fourré dans les mains un énorme colt qui m'intimidait un peu. « Chargé non armé, tu vois ? Chargé armé : c'est simple. Si tu tires dans le tas, tu peux faire un peu de dégâts… »

Je m'aperçus bientôt que c'était un garçon hâve, aux pommettes saillantes, mais ses yeux brillants et ses boucles blondes qui s'échappaient du casque me le rendirent sympathique. Il avait déjà conquis Marcel.

Avant même d'arriver au camp nous avons reçu le baptême du maquis : il s'agissait d'enlever une auto au bord de la route où circulent « les Boches ». Ce fut rapide et d'ailleurs sans véritable danger.

Aujourd'hui, je suis allongé dans une tente ronde et claire. Je vis dans un luxe inattendu : je nage dans la soie. Elle tapisse le sol de monceaux bleu azur, rouges, ocres, blancs, couleur flamme, sur lesquels nos godillots s'essuient avec délices. Et le plus beau, c'est que cette soie nous tombe du ciel. Trois parachutes se partagent ma tente, et mes faveurs. Un bleu, près de l'ouverture lumineuse, un blanc et un jaune d'or dans l'ombre. Leurs plis ont des reflets vivants, d'une vie lourde et assoupie d'après-midi marocain. Quelle jambe brune va jaillir de ce désordre chatoyant ? Je pense à une poupée comme on en met sur les lits, très brune, dressée de tout son buste au centre d'une robe empire, et plongée dans une attente morne et fixe. Moi aussi, j'attends infiniment, au centre de la tente ronde et claire. Et si je sens une trouble langueur envahir mes jambes, je quitte mon attitude de prince arabe et je m'allonge. Mais c'est toujours le même décor des *Mille et Une Nuits* : ma tente est faite d'un premier parachute jaune délavé, comme la soie grège, doublé à l'intérieur d'un second parachute immaculé, blanc, léger comme un voile. Tous les deux sont transparents. Je vois l'ombre des feuilles, et même les feuilles qui bougent, silencieuses comme un doigt de fée sur les rideaux de mon lit d'enfant. Elles agitent sur moi leurs ombres mièvres, et je lis, sur la tenture dorée par le soleil, ces dessins encore teintés de vert comme à travers une eau fluorescente :

> Le paradis d'Allah est un ciel bleu sur des kiosques blancs,
> le bleu du ciel d'Allah est une musique souveraine, un chant de violoncelle

profond, grave, empreint d'une tendresse mâle,
tenture des tentures, laisse choir tes plis rayonnants qui se rejoignent au centre du ciel.

13-14/06/1944

Nous nous apprêtons à descendre à la ferme de la Luzette. Je vais être « instruit » et incorporé au groupe d'action, – enfin ! –, avec Marcel. Les corvées nous devenaient écœurantes (cet après-midi, coup de main sur six cochons à Saint-Mamet…). De terroristes, nous devenons soldats. Tant pis pour les femmes, qui préfèrent les terroristes aux soldats, comme je viens de le voir à Saint-Mamet. Je ne regrette ici que ma jolie tente blanche que j'avais encore tendue ce matin. Tant que je le peux, je m'étire langoureusement dans cette ombre claire et fraîche, et les minutes glissent, visiteuses discrètes, aussitôt que je m'assoupis.

19/06/1944

[…] Voici plus de quatre jours que j'ai abandonné mon journal. Je ne connais plus les après-midis oisives passées sous la tente. Il faut lever le camp pour échapper aux avions, passer les nuits à piller des châteaux, les jours à dormir et à manger. Je suis désespéré de ne pas sentir en moi l'âme d'un reître se réveiller devant le butin. Mon ascendance de paysans et de cordonniers n'a pas une faille. Pourtant j'avais rêvé d'un ancêtre qui aurait brisé avec sa famille pour partir, et qu'on n'aurait plus jamais revu, d'un jeune homme grand, nostalgique, aimant les haillons et la brûlure du soleil, séduit par un beau capitaine blond. S'il exista et s'il mourut pendu ou mitraillé, dans un cachot ou sur un « haut-lieu », je ne l'espère plus depuis que j'ai senti tout mon être frémir de dégoût devant les armoires crevées et les filles en pleurs. Cette nuit revient à moi dans un défilé d'images écœurantes : un voyou à la lippe pendante s'acharnant avec une rage épileptique sur la serrure du coffre-fort, et cette brute de J., les yeux luisants d'avarice, qui caressait les belles étoffes en bourrant les sacs. À chaque pile de linge enfoui, ses oreilles décollées s'écartaient de son crâne ras comme les feuilles d'un étrange électroscope. Les étudiants occupaient la cave ; les paysans la vidaient. Les étudiants apprenaient aux paysans (très vite supérieurs à leurs maîtres d'ailleurs) comment on casse une bouteille pour en goûter seulement une gorgée. Dans la cour, on heurtait des êtres titubants et poisseux, et le bruit de cascade qui s'ensuivait permettait d'évaluer selon le cas le nombre de litres volés ou le nombre de litres vomis. Dans le salon, un jeune paysan timide et rangé n'osait pas marcher sur le tapis. Quand je le revis, il arrosait ce tapis avec de la confiture et bavait d'un air imbécile. J'ai vu une vieille bousculée par des démons armés, une bonne violée, peut-être plusieurs fois, un gars des faubourgs fasciné par les couvertures rouges et les tranches d'or des livres qu'il emportait. Je suis profondément écœuré et je jure de déserter si on nous propose à nouveau un tel sac. Ce sont d'ailleurs les paroles de Marcel. Il a réagi plus vite que moi. Dès que nous avons défoncé la première porte, il m'a retenu par le bras et m'a dit : non. Et il avait sur moi tout l'ascendant de sa supériorité morale. – « Albert, il ne faut pas nous réfugier dans l'irresponsabilité. Eux sont irresponsables. Je leur pardonne parce qu'ils ne savent pas ce qu'ils font. Mais nous, lucides, conscients, naïfs, ce serait mal. » – « Ce serait laid, surtout, Marcel. » Et je songeais au maître absent du château, et qui ne pourrait pas défendre la vieille dame, les deux fillettes et la bonne qui étaient restées. Je comparais les vingt pillards, leurs attitudes de tranquilles conquérants ou de conspirateurs inquiets, à la sécurité de la nuit sur la maison, je comparais leurs armes de campagne, les grenades aux ceintures, les fusils, les mitraillettes, les énormes colts armés, à l'insignifiance du danger. Et je trouvais qu'il était indigne de faire croire à tous ces gamins qu'ils apprenaient la guerre au cours de ces randonnées nocturnes. C'est peut-être moi qui me trompe, mais je n'ai jamais pris ces sorties au sérieux.

Presque tous les soirs, nous grimpons sur le grand camion, Marcel toujours auprès de moi, et nous sommes heureux comme des gosses parce que le vent nous fouette le visage, parce que la nuit se pose sur les bruyères, troublées par nos remous de poussière. Notre place favorite est à l'arrière. Nous nous tenons debout, appuyés sur le fusil, les jambes et la taille souples pour éviter les rudes caresses des châtaigniers. D'un côté à l'autre du camion nous nous jetons des plaisanteries ou des réflexions inspirées par l'heure. Elles volent, criées à pleine gorge, aux trois quarts emportées par le vent comme les mèches d'une chevelure en liberté. Un berger attardé recueillera peut-être ces lambeaux de rire ou de poésie (sans les comprendre, car j'use avec Marcel d'un vocabulaire spécial à nous deux) et gardera le souvenir de cette trombe de poussière et de chansons refermée sur deux diables aux dents blanches. « C'est cette heure, dis-tu, que tu voudrais choisir pour être tué ? » et nous rions de plus belle parce que jamais nous n'avons autant aimé la vie. Qui sait quelles sombres pensées traversent le mitrailleur perché sur l'impériale, qui nous a entendus et qui balaie consciencieusement la route avec sa mire ? Le regarder ainsi, casqué et grave, nous amuse. Tout nous amuse. Nous avons pillé le milicien comme l'auraient fait des enfants, vidant quelques pots de confiture et quelques fonds de bouteilles, alors que tous les autres éventraient les armoires et se vautraient dans le linge dont certaines pièces les laissaient perplexes. Tout notre butin, le voici : Marcel, un demi-flacon de pastilles cocaïnées, et moi une timbale en aluminium, un échantillon de laxatif et un bol de lait. Si les chefs savaient cela, ils nous prendraient d'abord pour des fainéants, ensuite pour des imbéciles, mais comme ils étaient absorbés dans l'argenterie et la garde-robe, notre défaut de zèle est passé inaperçu.

    Marcel m'a étonné par ses remords. J'ai eu l'impression de jouer, non de voler. Et je n'ai pas, comme lui, souhaité une colique mémorable pour me punir d'un pot d'abricot précipitamment englouti. Pour calmer sa conscience, il a abandonné un billet de cent francs dans un coin de la cour. On croira que c'est de l'argent volé. Tant pis, ce n'est pas pour eux, c'est pour lui qu'il fait cette offrande.

30/06/1944

Le ruisseau capture tout le soleil de la vallée. Je connais un coude plus tranquille, si ensoleillé le matin que la rosée disparaît pendant le temps de ma toilette, et si ombragé le soir que je m'y oublie souvent, allongé, les pieds dans l'eau, et la tête à Bizeneuille, village de ma fiancée.

Marcel a fait un croquis de moi « en pièces détachées ».

Je suis habillé d'une manière plutôt disparate : short blanc, bottes de caoutchouc noires, large veste kaki serrée par une ceinture blanche, immense béret bleu. Marcel me fait souvent mettre de profil pour évaluer les progrès de mon collier. Quant à mes cheveux, j'en ai maintenant trois centimètres.

02/07/1944

Je suis de garde dans le trou creusé à cet effet, à demi abrité sous un bouleau nain, au milieu des landes. L'horizon est immense et rond.

L'amour descend sur toute chose comme un lent épervier jeté de très haut.

28/07/1944

Je me prends quelquefois à ce jeu de camping, au point d'oublier mille détails du service, qui lui ne m'oublie pas.

Je m'efforce de considérer mon aventure comme individuelle, au risque de me mettre (en compagnie de Marcel) moralement en marge des autres. À deux nous avons établi une intimité dont nous sommes jaloux.

Notre tente est fermée aux étrangers comme un temple musulman, et faute de cerbère nous avons placé à l'entrée une jolie couleuvre grise à collier jaune. Elle n'avait hélas qu'une tête, et un imbécile la lui a écrasée en croyant nous sauver la vie. Elle digérait si consciencieusement les jeunes salamandres que nous lui apportions au déjeuner !

J'ai appris la phrase musicale d'un rossignol des moins virtuoses, une phrase passe-partout, très courte, très fausse, qui doit être un exercice de solfège à l'usage de débutants peu doués. Mais je ne peux plus sortir sans être obsédé par elle.

07/08/1944

Je suis à Marcolès pour quelques heures.

Je pouvais éviter les bois, puisque je suis en pays conquis, mais je dois des nouvelles à la famille de Marcel, qui vit en pleine Châtaigneraie, à Rouziers.

Gorges obscures. Je franchis un ruisseau avec mon vélo sur le dos. Je grimpe par des chemins de sable. Je redescendrais d'un pas sur trois s'il n'y avait pas quelques cailloux en escaliers.

Comblat-le-Château, 30/08/1944

J'ai été chargé pour quelques heures des fonctions de téléphoniste, ce qui me vaut d'être assis dans un confort dépaysant après ces trois mois de vie sauvage.

Les autos passent en file vers le Lioran et le Nord, et quelques-unes en descendent avec de bonnes nouvelles : Ambert, Issoire, Clermont sont libérés. Je rage d'être enfermé dans cette vallée où il n'y a plus aucun danger.

Nous ne tendons plus d'embuscades. Marcel et moi nous souhaitions « l'action quotidienne », et nous arrivons chaque fois que l'ennemi est parti. Je pourrais être dans l'Allier, près d'Antoinette, et voilà que nous préparons des défilés à Saint-Mamet !

Ma table est au centre d'un salon prétentieux, réquisitionné chez un paysan énorme et collaborateur. La cuisine est blindée, plafond et murs, avec des plaques de concours agricoles. Le salon, lui, est peuplé de taureaux. Il y en a en bronze, en argile, en marbre rose, couchés sur le cendrier, appuyés aux carafes, mais le plus charmant, c'est la galerie de portraits (je parle toujours des taureaux) : une revue de très grosses bêtes noires, bardées de lard et de faveurs tricolores, et si bien encadrées d'or, si bien alignées, qu'il faut les détailler pour s'apercevoir que l'une des photos est celle du maître de céans.

Pour comble, le premier disque que j'ai mis sur le vieux phono m'a servi un authentique beuglement : j'étais tombé sur les dernières mesures du *Plancher des vaches*.

Aurillac, 04/09/1944

À la caserne, j'ai perdu la belle tranquillité des bois. Si j'ai quelques heures de liberté dans la chambrée, je les passe à me faufiler entre les projectiles variés, gamelles, couvertures, souliers, qui sifflent autour de moi. Ces garçons sont neufs à la vie de caserne, et n'ont pas cette sérénité que me confèrent mes huit années de dortoir.

Aurillac, 15/09/1944

J'ai si bien pris l'habitude de ne parler qu'à Marcel, que la rencontre d'un ami dans les rues d'Aurillac me laisse gauche à l'excès.

J'ai tendance à fuir les étudiants, trop nombreux dans ma précédente compagnie, et d'une insupportable hypocrisie. Ces jeunes paysans, eux, sont assez intelligents pour nous laisser tranquilles. Ils nous pardonnent, par exemple, de lire. S'ils parlent d'autre chose que de leurs vaches ou de leurs conquêtes, c'est pour laisser percer une certaine haine pour les ouvriers et les étudiants, surtout pour l'ouvrier communiste.

Notre maquis n'avait rien de politique, et par suite, avouons-le, rien d'idéaliste. Tous les conscrits n'ont qu'un désir : achever au plus tôt et à bon compte leur service militaire. L'« idéal » que j'ai trouvé dans le maquis était aussi parfois pure haine personnelle.

Où commence l'armée finit le maquis. Mais parmi les uns comme parmi les autres nous faisons, nous deux, figure d'originaux, puisque notre unique idéal est de n'en pas avoir et de nous « battre » (enfin, d'essayer de) pour rien, pour nous.

Trop de sacrifices auront été impurs, en cette guerre, parce qu'utiles, utilisés. Si au moins les premiers tués avaient pu dédier leur mort, la défendre d'avance contre les racoleurs !

J'espère que je ne suis pas le seul qui refuse de m'offrir tendrement corps et âme aux Anglais, aux Russes ou à de Gaulle. Je m'appartiens.

La compagnie voisine est au combat depuis dix jours. Nous serons les prochains à partir.

*Notice nécrologique rédigée par
Marcel Condamine, à la mort d'Albert Cazal*

Albert CAZAL (1924-1998)
Promotion 1945, Lettres, Saint-Cloud

Albert Cazal est né le 13 mai 1924 à Marcolès, petit bourg riche de vestiges médiévaux, dans le Cantal.

Nous nous sommes trouvés, normaliens instituteurs, au lycée Émile Duclaux à Aurillac, promotion 1941-44, dont il était le major. Lui, cultivé, sérieux, discret, terminant en classe de Philo ; moi, un peu fruste, timide et discret, terminant en Math. Élem. Nous nous connaissions donc peu ; asez cependant pour ressentir une affinité d'intérêts, de préoccupations, un même goût pour l'étude. Nous sommes partis ensemble au maquis de la Luzette et la Fombelle. Comme il nous était facile d'acquérir les éléments de Morse nécessaires pour communiquer avec les avions qui, d'Alger ou de Londres, apportaient parfois armes, munitions, nous étions tous deux affectés surtout au « parachutage ». Écouter les messages : « Un ami viendra ce soir... », baliser la lande pour indiquer le sens du vent..., et longues, longues nuits d'attente... Nous n'éprouvions guère le besoin de parler de nous... Mais quelle profonde solidarité ressentie !

Puis nous nous sommes retrouvés à Toulouse, préparant le concours d'entrée à l'ENS de Saint-Cloud, Albert en lettres, moi en sciences. Il a été reçu dès la première année, et a choisi l'option « espagnol ». Je l'aurais vu en « philosophie », par sa culture, sa pensée, son attitude envers la vie, distance, humour discret, engagement : sa sagesse. De son année d'étude en Espagne, il m'a ramené une belle édition du *Don Quijote de la Mancha*, délicate attention qui m'a beaucoup ému...

Et puis, nos carrières professionnelles nous ont évidemment séparés. J'ai su par sa fille Françoise, qu'il aimait tant et dont il était, à juste titre, si fier, qu'il s'intéressait beaucoup aux nouvelles qu'il pouvait avoir de moi.

J'aurais été heureux de le retrouver, avec sa famille, de revivre et prolonger ce passé. Mais, insouciance ? esprit nomade, et presque « étranger », je n'ai pas gardé le contact, accaparé par des activités dispersées, et assuré aussi de cette amitié silencieuse et vraie, de cette estime réciproque. Quel regret maintenant.

Albert Cazal est décédé le 14 février 1998, à la suite d'un accident post-opératoire.

Notre camarade a eu une carrière brillante. Agrégé d'espagnol, il a été professeur au lycée d'Auch, puis à l'École normale d'Auch. Puis Inspecteur pédagogique régional, successivement à Lyon, Grenoble, puis à Clermont, et enfin à Toulouse. Il était aussi membre du jury du CAPES.

Élèves, collègues, tous ceux qui ont bénéficié de son enseignement, de ses conseils, ont apprécié sa compétence, ses qualités humaines. Je ne peux mieux faire que de citer ce qu'a dit de lui l'Inspecteur général Robert Basterra : « un professeur remarquable », un homme « à la fois bon, généreux, juste, d'esprit ouvert et fin, cultivé à l'extrême. »

C'est bien ainsi, ami discret, que nous te gardons tous en notre mémoire et nos regrets.